AF359470

LETTRE CRITIQUE

DE MONSIEUR P***

ECRITE

A MONSIEUR R***

EN PROVINCE.

Au sujet de la Comedie intitulée :

LE PREJUGE' A LA MODE.

Le prix est de 20 sols.

BIBLIOTHEQUE ROY. I

A PARIS,

Chez

JULIEN-MICHEL GANDOUIN,
Quay de Conty, aux Trois Vertus.

J. B. LAMESLE, rue de la Vieille
Boucherie, à la Minerve.

ET

La V. DELORMEL. rue du Foin.

M. DCC. XXXV.

AVEC PERMISSION.

LETTRE

CRITIQUE

DE MONSIEUR P***

ECRITE

A MONSIEUR R***

EN PROVINCE.

Au sujet du PREJUGE' A LA MODE.

MONSIEUR,

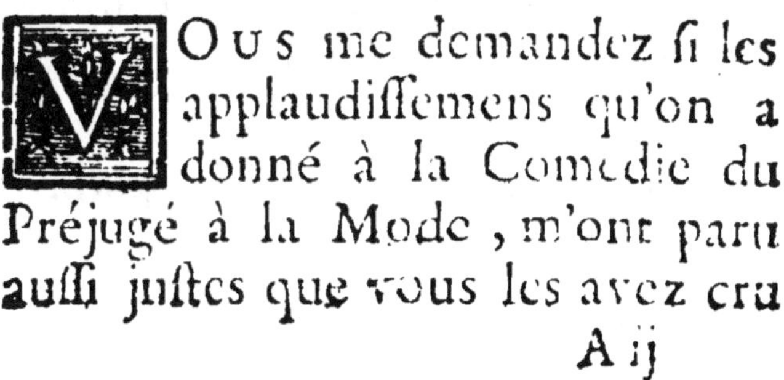

Ous me demandez si les applaudissemens qu'on a donné à la Comedie du Préjugé à la Mode, m'ont paru aussi justes que vous les avez cru prodigués, & vous exigez de moi que je vous en dife mon fenti-ment.

Je vous avouë que fi je pou-vois refufer quelque chofe à l'a-mitié qui nous lie depuis long-tems, je vous fupplierois de me difpenfer de ce foin ; vous n'i-gnorez pas que ce qui m'empêche de frequenter les Théatres, tant François qu'Italien, & même de lire les Pieces nouvelles qui y pa-roiffent, naît de la prévention où je fuis que depuis bien long-tems on ne fçait plus faire de bonnes Comedies, & que toutes les nou-veautés qu'on voit dans ce genre, péchent par les mêmes endroits qui ont établi a fi jufte titre la ré-putation de ces Grands Hommes qui nous en ont donné de fi par-faits modeles.

Cependant, Monfieur, la qualité du vice que l'Auteur du Préjugé à la Mode a entrepris de fronder, les réflexions qui me font venuës du détail que vous m'avez fait de cette Piece, & l'applaudiffement général d'un Public, dont les décifions femblent devoir être fi fûres ; tout cela m'a fait naître l'envie de la lire, fans vouloir pourtant en porter de jugement : mais le defir que vous me marquez de fçavoir ce que j'en penfe, & celui que j'ai de vous obliger, me mettent aujourd'hui dans la neceffité de vous fatisfaire.

L'Auteur du Préjugé à la Mode eft d'abord très-loüable d'avoir ofé expofer aux yeux de tout Paris un vice qui n'y regne que trop, bien d'autres auroient peut-être été intimidés par les rifques qu'il y avoit à courir, & fa fermeté à blâmer le vice fans referve, & quelque part qu'il fe trouve, tient quelque chofe de plus que du fimple badinage de Théatre ; je fuis même perfuadé qu'à Athênes notre Auteur auroit été recompensé d'avoir montré les désordres qui peuvent naître d'unpareil travers.

Les Spectateurs ont senti tout le mérite de l'idée ; mais si tous avoient pû se reconnoître sujets au vice que l'Auteur attaque, le succès de la Piéce n'eût pas été si complet ; elle les auroit au contraire revoltés contre lui : mais comme heureusement il n'est pas général, elle a produit tout l'effet qu'on en devoit attendre ; tout le monde y a été interessé : ceux qui se sont sentis coupables en ont rougi au fond de leur ame, & pourront peut-être se corriger : Les femmes vertueuses qui sont les victimes de ce ridicule Préjugé, auront été flattées par l'esperance de quelque changement, & celles qui nourrissant des sentimens moins épurés donnent une libre carriere aux desirs qui les animent , malgré la honte secréte que leur cœur aura essuyé , ont sans doute affecté de paroître les plus satisfaites. D'un autre côté les maris qui aiment leurs femmes & qui n'en rougissent point , auront été charmés de voir paroître en plein jour la folle manie de ces esprits dont les maximes ne sont fondées que sur un Préjugé, d'autant plus condamnable, qu'il est dangereux à la société.

Voilà, Monsieur , les raisons qui ont établi le succès d'une Piéce qui a fait à la représentation tant d'honneur à son Auteur.

Comme vous n'êtes pas homme à vous contenter des loüanges qui sont seulement l'éloge du cœur & que vous voulez que je vous parle aussi de ce qui regarde l'esprit & le genie de l'Auteur , je vous dirai sincerement ce que j'en pense.

Il y a des beautés dans sa Piéce

dont vous vous ferez fans doute apperçu, & vous fçavez qu'elles ne confiftent que dans quelques penfées & quelques portraits qu'on y trouve ; ce font les premieres chofes que le Public faifit à la reprefentation d'une Piéce, depuis que nos Auteurs modernes font malheureufement accoutumé à n'y pouvoir découvrir que des fortes de beautés.

Pour ce qui regarde les bonnes mœurs, je vous dirai franchement que je ne croyois jamais y trouver la moindre chofe qui pût leur donner atteinte, & que je n'ai pas été peu furpris de voir Argant autorifer la conduite de Durval, en faifant parade des fottifes qu'il a fait dans fa jeuneffe. Si l'Auteur a prétendu par-là donner une ombre à fon Tableau, il s'eft lourdement trompé, ce n'eft pas de cette façon qu'il devoit s'y prendre , d'autant plus que dans la fuite de la Piéce , Argant fe déclare lui-même contre fon Gendre , il étoit donc abfolument inutile d'augmenter le chagrin de Conftance par une fotte condefcendance à la ridicule manie de fon Epoux.

Le monologue de Florine, Acte V. Scêne III. n'eft pas plus châtié ; il n'y a perfonne qui ne puiffe tourner tout ce qu'elle dit du mauvais côté , ce qui arrive ordinairement à tout ce qui eft équivoque fur le Théatre. L'Auteur pouvoit fort bien fupprimer ces deux endroits , qui ne font ni plaifans , ni intereffans , fa fable n'en auroit point fouffert, & toute la Piéce auroit été , du moins du côté des mœurs , d'un ton irréprochable.

Venons à préfent aux caracteres qui dans notre fiécle occupent la plus belle place du Théatre ; je n'aime ni celui de Durval , ni

celui de Constance, ils me paroiſ-
ſent tous les deux bien romaneſ-
ques; ſi l'Auteur a prétendu dans
le dernier donner aux femmes
mariées un modele d'une vertu
parfaite, je penſe qu'il a trop outré la matiere: une femme ne peut
jamais aimer trop ſon mari, j'en
conviens, mais Constance aime au
de-là d'une femme & d'une maî-
treſſe. D'ailleurs la patience, la
moderation & la prudence d'une
femme vertueuſe, comme il nous
la dépeint, ſont très-incompati-
bles avec les marques évidentes
qu'elle donne de ſa douleur; car
enfin Durval eſt un mari qui en
ſecret aime ſa femme, & dont les
manieres (hors cette apparence de
l'amour que Constance exigeroit
de lui) ſont tout-à-fait d'un mari
raiſonnable; elle ne manque de
rien de ce qui convient à ſon rang,
elle a dans ſa maiſon tous les agré-
mens imaginables, Durval la traite

avec tous les égards possibles ; de quoi se plaint-elle ? elle n'a pas son cœur, c'est à la verité une raison ; mais pense-t'elle qu'en lui faisant voir toûjours un air triste & chagrin, elle pourra le regagner ?

Les gémissemens continuels, ou les dépits d'une femme vont du pair ensemble, & les uns & les autres ne sont propres qu'à irriter davantage un mari qui n'aime point.

L'Auteur l'a senti, puisqu'il le fait dire à Constance même ; mais il ne l'a senti qu'à demi : voici comme il la fait parler, Acte premier, Scêne premiere.

Un éclat indiscret ne fait qu'aliéner
Un cœur que la douceur auroit pû ramener ;
Si quelque occasion peut mieux faire connoître
Et sentir de quel prix une Epouse peut être ;
Si quelque épreuve sert à la mieux découvrir,
C'est lors qu'elle est à plaindre & qu'elle sçait
    souffrir.

Ne trouvez-vous pas, Monsieur,

que Conftance profite affés mal
des leçons qu'elle fe donne à elle-
même , & que l'Auteur n'a pas
bien fuivi fa premiere idée ? Pour
moi je crois encore un coup, que
les gémiffemens continuels ou il
réduit Conftance, font feuls capa-
bles de caufer l'éclat indifcret qu'il
veut lui faire éviter. Je fuis même
perfuadé, que fi l'Auteur n'avoit
pas fait le mari fi amoureux de fa
femme , & qu'il eût véritablement
porté fon cœur ailleurs , il n'auroit pas pû fe difpenfer (à caufe
du caractere outré qu'il donne à
Conftance) de faire que fon mari
s'en dégoûtât entierement; je penfe donc qu'elle auroit dû montrer
une fenfibilité prudente & jamais
une inquiétude fans bornes;il faut
bien que celle deConftance foit de
cette efpece, puifque fans qu'elle
faffe confidence à perfonne de fes
peines , tout le monde s'en apper-
çoit ; on la plaint, tous fes amis lui

en demandent le sujet & lui témoi-
gnent la part qu'ils y prennent, on
ne croit rien de tout ce qu'elle dit
pour assurer qu'elle jouit d'une
tranquillité parfaite, son air in-
quiet & triste la dément, & ne
laisse que trop voir le fond de
l'ennui qui la presse.

Passons au caractere de Durval,
examinons-le de près, & tâchons,
s'il se peut, de le développer.

Durval est un mari qui a pro-
mené son caprice sur differens
objets sans aucun égard à son devoir pour sa femme, au bout de
quelque tems il abandonne tout
pour se donner entierement à elle,
mais il ne veut pas se faire connoître, pour ne point se donner
un ridicule parmi les gens de son
rang, qui pensent qu'un mari qui
aime sa femme doit être banni de
la societé civile.

Durval pour éviter le blâme
qu'il pourroit en recevoir, se ca-

che même à sa propre femme &
vit avec elle à l'ordinaire : leurs
Appartemens sont aux deux bouts
du Château, ou l'Auteur a placé
la Scéne : ils ne se voyent qu'en
compagnie ; cependant jamais.
Heros de Roman n'aima avec plus
de violence ; il fait à sa femme des
présens en secret, il en fait tirer
le Portrait en cachette , il lui écrit
des Lettres qui sont arrosées de
larmes jusqu'à en effacer l'écri-
ture , comme elle le dit elle-mê-
me, Acte cinq, Scéne cinquiéme;
lorsqu'il lui parle , ce n'est qu'a-
vec le plus grand trouble, & quand
il est seul, ou avec son ami Damon , l'amour qu'il ressent pour
sa femme , fait le sujet de tous
leurs discours ; ce n'est pourtant
que l'amour d'un mari pour sa
femme , qui cause un si grand
désordre , cela vous paroît-il
croyable? n'y a-t'il pas de la folie
du côté de Durval ? si l'on pouvoit

penser qu'en se découvrant à sa
femme, il y allât de sa reputation
ou de sa vie, une conduite si ex-
travagante pourroit devenir un
peu plus excusable, mais on voit
que ce n'est que pour ne pas se
donner un ridicule dans le monde
que Durval s'obstine au silence
d'où naissent toutes ses peines, ce
fantôme est plus fort que son
amour, ce qu'il n'est pas aisé de
concevoir après tout ce qu'il nous
en a dit lui-même.

Tout homme dans le cas de
Durval, ne chercheroit-il pas les
moyens de sauver sa délicatesse,
sans se rendre la malheureuse vic-
time d'un Préjugé ridicule ? la confidence qu'il pourroit faire à sa
femme de ses veritables sentimens,
avec une vive instance de ne point
faire parade de leur bonheur re-
ciproque, ne le mettroit-il pas à
couvert de toutes les railleries qu'il
craint d'essuier, en feignant tou-

jours de n'avoir pour elle qu'une parfaite indifférence ; peut-on se persuader que Durval aime sa femme au point qu'il en pleure la nuit & le jour, lorsque rien ne s'oppose à la passion qu'il ressent pour elle, & qu'il lui en doit coûter si peu pour la satisfaire : je vous avoue que la vrai-semblance en souffre beaucoup, & que le caractere de ce mari est un Phenomene bien mal aisé d'expliquer.

J'ajouterai à toutes ces réflexions que le chemin que l'Auteur a pris pour corriger le vice qui fait l'objet de sa Piéce, ne me paroît pas trop convenable à la bonne intention qu'il a d'abord fait voir. Dans le caractere qu'il donne à Durval, il presente aux Spectateurs un homme qui se fait une honte de suivre les loix du devoir & de la vertu ; s'il avoit pris une autre route il auroit mieux fait le caractere de la Comedie,

ce

ce qui se pouvoit, en donnant à
Durval celui d'un mari qui en
effet n'aime point sa femme & qui
se fait un sotte gloire de suivre le
Préjugé ; car sans compter que
cette route auroit pû fournir beaucoup de plaisant , elle auroit encore fait sentir efficacement combien sont dignes de blâme les maris qui n'aiment pas leurs femmes ,
ce qui sans doute a été le but de
l'Auteur ou du moins a dû l'être,
puisque pour parvenir à corriger
un vice , il est absolument neces-
saire de le présenter tel qu'il est.

La représentation de cette
Piéce a cependant produit un effet
d'autant plus étrange, qu'on n'a-
voit pas lieu de l'esperer ; les Spectateurs y ont pleuré de bonne foi ;
pour moi qui n'ai fait que la lire,
je n'y ai ni pleuré ni ri.

Le caractere de Sophie m'a paru
trop vif & trop libre pour une
jeune Fille que son Oncle même

nous annonce comme une Agnès; & l'on doit croire que l'Auteur a voulu faire un rôle qui convînt à l'excellente Actrice qui l'a joué, sans trop s'embarasser s'il convenoit au caractere ; je n'aurois pas sçu au reste à qui il avoit distribué celui-là aussi bien que tous les autres si l'Auteur ou les Comediens n'avoient chargé l'Imprimeur du soin d'en instruire tout le monde.

Comme je sens bien que cette Lettre passera les bornes d'une Lettre ordinaire, & que jusques-ici je ne vous ai parlé de la Piéce qu'en gros, pour garder quelque ordre dans le détail que vous m'obligez de vous en faire, je vais m'arrêter à chaque Acte & vous rendre un compte exact de tout ce que j'y trouve de défectueux.

De huit Scènes qui composent le premier, la septiéme m'a paru la seule qui meritât quelques remarques ; c'est la premiere où

Durval se rencontre avec sa femme, & qui doit promettre quelque interêt : voici sur quoi il roule , vous allez juger s'il est grand.

Constance dit qu'on lui a envoyé un habit de chasse, & qu'elle ne sçait pas de quelle part il vient, ce qui l'allarme beaucoup ; Durval de son côté lui parle d'une caléche qu'il vient de voir dans la cour , & qui se trouve encore être un présent d'un Anonyme : nouvelles allarmes de la part de Constance qui refuse de faire usage de tels présens , & qui supplie son mari de lui faire raison d'une telle offense, Durval ne lui répond que par des discours équivoques , & voici ce qu'il lui dit de plus précis :

De plus. . . . présens ou non . . . . Madame . . . vous pouvez

Oui . . . vous m'obligerez si vous vous en servez.

Il sort après cela fort brusque-

ment, & Constance surprise de
ce discours, & ne sçachant à quoi
s'en tenir dit dans un *a parte.*

N'est-ce point mon mari qui m'a fait ces
présens?

Par cette réfléxion, Constance
peut se flatter que l'amour a
porté son mari à lui faire cette
galanterie, les Spectateurs peuvent s'en douter de même ;
mais ils peuvent aussi penser
que ce ne soit qu'une ruse pour
éprouver sa vertu : cette Scêne est
bien obscure, ce que le mari dit
en partant, & la réfléxion que fait
Constance me paroît un grand
défaut : Durval s'est presque fait
connoître pour celui qui a fait
les présens, & Constance l'en a
soupçonné ; cependant dans les
quatre Actes suivans il n'en est
plus question, j'en cherche inutilement la raison, elle ne me
paroît pas claire.

Je pardonne à Durval, si s'é

tant repenti d'en avoir trop dit ? il fe cache toûjours & n'en parle plus; c'est-là le caractere que l'Auteur a voulu lui donner ; mais je ne puis fouffrir que Conftance n'en faffe plus mention , puifque c'est elle feule que la chofe intereffe , Durval lui en a déja dit affés pour lui faire foupçonner que les préfens viennent de lui , ne doit-elle pas faire fa principale étude d'éclaircir ces foupçons ? L'Auteur n'a pas voulu la faire occuper d'un foin fi jufte, fa femme de chambre eft capable de l'en détourner , en lui difant que les maris ne font pas dans l'ufage de faire de telles galanteries à leurs Epoufes, & en lui rapellant les deux Petits Maîtres qu'elle a déja penfé pouvoir en être les Auteurs ; en verité cela doit - il fuffire pour décider un doute d'une fi grande conféquence ? & les affurances d'une Sou-

brete doivent-elles prévaloir même fur les difcours équivoques
d'un mari ?

Dans cette même Scêne Sophie
exagere beaucoup fur la tolérance
de Durval, à tel point que Conftance la fupplie de ne plus la fa-
tiguer de ce difcours, & fort pour
aller dans fon appartement fe li-
vrer toute entiere au chagrin
mortel que lui caufe cette tolérance, & de cette façon l'Acte
finit par l'idée que l'Auteur donne aux Spectateurs d'un mari qui
n'eft pas trop rempli de délica-
teffe fur fon honneur, idée qu'on
ne devroit pas même hazarder
dans une farce.

Voila, Monfieur, tout ce que j'a-
vois à vous dire fur le premier
Acte, paffons au fecond.

Durval & Damon fon ami en
font l'ouverture ; quelques réflé-
xions que j'ai faites fur la feptiéme
Scêne du premier Acte ont fans

de rapport avec celles qui me font venuës fur la premiere Scêne de celui-ci , qu'il m'a paru necef-faire de les joindre enfemble.

Perfonne n'ignore qu'une des regles effentielles qu'on doit fui-vre dans le Poëme Dramatique, eft qu'avant qu'un perfonnage pa-roiffe fur la Scêne , l'Auteur doit faire inftruire le Spectateur du nom, du rang & des interêts de ce perfonnage , de façon qu'il puiffe entrer en matiere fans que le Public aye rien à deviner.

Dans le Préjugé à la Mode, tous les Acteurs annoncent Durval comme un homme qui n'aime point fa femme, & qui n'a pour elle aucun égard, & cela eft confirmé dans les fix premieres Scênes. Cependant Durval qui paroît à la feptiéme débute d'une façon qui dément tout ce qu'on a dit de lui ; voici comme il s'ex-plique.

Voyons un peu l'effet qu'ont produit mes préfens.

Tout le reste de la Scêne m'a assuré qu'il aimoit sa femme ; mais à vous parler vrai, je ne sçavois encore à quoi m'en tenir jusques à la premiere Scêne du second Acte qui m'a tiré de mon incertitude ; l'aveu sincere que Durval fait à son ami de l'amour qu'il a pour sa femme m'a fait voir que les Acteurs qui avoient parlé de lui précedemment étoient tous dans l'erreur.

Avec la permission de l'Auteur, ce n'est point ainsi que l'on construit une Fable, la premiere Scêne du second Acte auroit dû être la premiere sortie de Durval, puisqu'elle instruit de son véritable caractere ; s'il avoit suivi cette route, l'explication qui se fait dans cette Scêne, auroit produit une surprise, ce qu'on ne doit jamais négliger.　　　　　Je

Je suis persuadé que la seconde Scêne de cet Acte qui se passe entre Durval, Constance & Damon, aura paru plaisante; pour moi je la trouve ridicule, en voici la raison: tout le jeu de Théatre qu'on y peut voir, consiste dans l'équivoque des discours de Durval, que Constance est fort embarassée de démêler, elle rapelle à son mari les chagrins que lui ont causé les présens, & le tort qu'un tel procedé pourra faire à sa reputation, Durval la rassûre & lui dit qu'il veut se charger du blâme; cela ne suffit pas à la delicatesse de Constance qui croit en mourir de douleur, Durval en a le cœur pénetré, il se trouble, & Damon est prêt à découvrir tout le mystere, Durval l'en empêche, il se passe entre ces deux amis un débat qui étonne fort Constance & qui l'oblige à leur dire :

Qu'avez-vous ?

C

DURVAL.

Ce n'est rien, j'ai peine à le réduire;
C'est à votre sujet... il faut vous en instruire,
Sçachez donc un secret... vous ne le croi-
rez pas,
Vous voyez devant vous

CONSTANCE.

Hé bien!

DURVAL.

Notre embarras...
Oui, vous voyez quelqu'un qui n'ose plus s'attendre...
Qui craint de compromettre un amour aussi
tendre...
Mais que ne pouvez-vous lire au fond de son
cœur...

CONSTANCE.

Vous parlez de Damon...

DURVAL.

Justement.

DAMON.

Quelle erreur?
En vérité, Madame, il parle de lui-même.
Si Constance se ressouvenoit

alors que dans le premier Acte elle a soupçonné que les présens, qui font le motif de cette Scêne, venoient de son mari, elle pouroit rentrer dans ses doutes ; il paroît même qu'il se passe quelque chose dans son esprit qui les réveille, mais il est absolument neceffaire qu'elle ne s'y arrête pas, pour que l'Auteur puisse fournir au reste de la Piéce.

Ce que dit Damon n'est point du tout équivoque, & si Constance vouloit joindre à son premier soupçon cette affirmative de Damon, & se donner la peine de lui faire quelques questions auxquelles il ne manqueroit pas de répondre, ses doutes seroient éclaircis ; l'indulgence du Public a bien voulu passer tout cela & tolerer le peu de soin qu'a pris Constance d'approfondir une verité qui lui importe si fort ; l'irrésolution de Damon qui n'en dit pas assés,

& l'extravagance de Durval qui en dit toujours trop : fautes d'autant plus groſſiéres, qu'elles choquent le bon ſens & la vrai-ſemblance ; je ſuis de plus très-perſuadé que ce même Public a été ſatisfait du jeu de Théatre dont l'Acteur qui a joué le Rôle de Durval aura orné cette Scéne, ſe reſervant à la lecture de la Piéce d'en condamner tout le défaut.

Je ne vous parlerai point du reſte de cet Acte, ni de l'épiſode des deux petits Maîtres mal imités du Miſantrope de Moliere ; les diſcours qu'ils tiennent en préſence de Conſtance, ſur les maris qui aiment leurs femmes, ſont ſi ridicules, l'idée qu'ils ont de jouer une Comedie à ce ſujet eſt ſi mal imaginée, que je ne puis comprendre comment l'Auteur a oſé la hazarder ; du moins devoit-il épargner à Conſtance une converſation qui ne peut que lui faire de la peine; cette femme eſt aſſés portée à ſe chagriner ſans que les impertinentes railleries de ces deux étourdis, la réduiſent à la néceſſité de ſe retirer piquée au vif de leur impoliteſſe.

Le troiſiéme Acte eſt auſſi mauvais que la moitié du ſecond, & je n'ajouterai rien à la voix publique, qui, pendant le ſuccès de la Piéce, en a toujours dit du mal.

Le quatriéme Acte eſt le triomphe de l'Auteur & la cauſe principale des grands applaudiſſemens de ſa Piéce; pour moi j'y trouve des reſſorts mal imaginés, des bienſéances mal gardées, & des ſurpriſes encore plus mal menagées: examinons un peu ſi c'eſt ſans raiſon.

Conſtance ouvre la Scêne avec Florine ſa Suivante, & lui montre un paquet de Lettres & un écrin, en lui diſant de chercher par tout

ſon mari à qui elle veut faire part
au plutôt de l'aventure de cet
écrin qui eſt encore un nouveau
preſent qu'on lui a fait. Florine
ſort & laiſſe ſeule la Maitreſſe qui
dans ſon Monologue apprend au
Public que ce paquet de Lettres
lui vient d'une Rivale indigne &
barbare à la fois, qui ſe plaint à elle
de ce que Durval ſon mari la tra-
hit & la quitte pour une autre :
avouez, Monſieur, qu'une pareille
confidence faite à la femme de
ſon Amant eſt aſſés nouvelle ;
mais ce n'eſt pas encore ce qui
m'a paru le plus choquant.

Dans la Scéne ſuivante Florine
arrive, qui dit qu'il ne lui a pas été
poſſible de trouver Durval, Conſtance prend le parti de l'attendre,
dans le deſſein de s'expliquer ab-
ſolument avec lui ; cependant
après quelque réflexion, elle chan-
ge d'avis & ſe réſout à n'employer
que les ſoupirs & les larmes, Flo-

rine lui conseille fort d'éclater &
de se servir contre lui de ces
mêmes Lettres qu'on vient de lui
remettre. Disons quelque chose
de l'imprudence de Constance,
qui un moment auparavant nous
a dit qu'elle vouloit cacher ces
Lettres à tout le monde, & qui
cependant en fait la premiere
confidence à sa femme de chambre, qui peut-être en parlera à
la premiere occasion : on pourra
opposer que c'est une fille qui lui
est attachée, & à qui elle a accoû-
tumé de faire part de ses secrets ;
mais celui dont il s'agit est de trop
d'importance pour le confier si
imprudemment : enfin Constance
se résout à remettre l'écrin à son
mari ; voici ce que lui dit Florine
pour l'en empêcher :

Vous aurez la douleur
De ne le pas trouver sensible à son honneur.

Constance doit-elle passer à sa

femme de chambre une si grande impertinence, elle qui dans le premier Acte a voulu la chasser pour une bien moindre raison; cependant elle est capable de lui faire changer d'avis, & la fait résoudre à lui délivrer l'écrin pour le remettre au témeraire qu'elle soupçonne en avoir fait le présent.

Florine reste seule fort embarassée, ne sçachant pas si c'est à Damis ou à Cléandre à qui elle doit rendre l'écrin, lorsque tous les deux entrent sur la Scène.

L'incertitude de Florine auroit pû fournir une Scène très-ingénieuse & très plaisante; mais l'Auteur se contente, après lui avoir fait dire quatre vers, de lui faire remettre l'écrin au premier des deux qui tend la main pour le recevoir.

L'Auteur ne doit pas craindre qu'on l'accuse d'avoir donné trop de fineſſe à Florine , & ceux qui trouvent un défaut d'en mettre trop dans ces ſortes de rôles , ne le trouveront pas dans celui-ci.

Après quelque verbiage des deux petits Maîtres , qui ne vaut pas la peine qu'on s'y arrête , Durval arrive , qui eſt prié d'être le Juge du differend qu'a fait naî-tre entr'eux l'écrin en queſtion ; Durval a tout lieu de penſer que Conſtance croïant qu'il vient de l'un d'eux , le leur a ſans doute renvoïé , il veut ſe divertir de leur débat , & les prie de lui expliquer ce dont il s'agit : Damis dit que certaine Dame a fait renvoïer cet écrin , & que l'un d'eux l'a-voit donné , Clitandre aſſure que ce n'eſt pas lui , Damis s'en dé-fend auſſi , & cette Scêne ſeroit aſſés plaiſante , ſi elle ne finiſſoit par un trait qui n'eſt point du tout ſupportable. Damis pour prouver qu'il n'eſt point l'Amant malheureux, montre le Portrait de la Dame en question, il le fait cependant avec quelque ménagement ; & pour que Durval ne puisse le voir, il le fait retirer au fond du Théatre, Clitandre à la vûë de ce Portrait se trouve confondu & fort plein de honte & de confusion, Damis le suit, après avoir prié Durval d'être convaincu de sa bonne fortune.

Supposons pour un moment que Durval n'aïe pû distinguer le Portrait qui vient d'être montré, peut-il douter que ce ne soit celui de la Dame à l écrin ? & ne sçait-il pas bien que cette Dame est sa femme, & en ce cas son honneur ne doit-il pas l'obliger à sacrifier sur le champ l'indiscret qui vient de lui donner une preuve si convainquante de l'infidelité de sa femme ?

Damon survient qui le trouve extrêmement troublé, & qui l'entend éclater en reproches contre elle , il tâche d'en penetrer la cause lorfque Conftance arrive.

C'eft ici, Monfieur, la belle Scêne, Durval annonce brufquement à fa femme qu'il faut qu'elle fonge à être feparée de lui & à fe choifir une retraite, la foûmiffion de Conftance & les proteftations qu'elle lui fait d'une fidelité éternelle ne font qu'augmenter fa fureur, il l'accable de reproches, & ce même homme que l'on vient de voir fi peu fenfible à fon honneur, fait voir combien il l'eft à fon amour.

Le paquet de Lettres que Conftance laiffe tomber de fa poche, met le comble à fa jalcufie, Damon fait tous fes efforts pour que fon ami ne s'en apperçoive pas, & veut le ramaffer furtivement, mais Durval le lui arrache, en lui difant que ce fera fans doute la preuve de l'infidelité de fa femme,

Je ne vous ai fait ce détail que
pour vous mieux faire sentir la
belle surprise de Théatre qu'auroient fait ces Lettres , si l'Auteur
avoit sçû éviter de l'éventer. Le
Public est déja informé que ces
Lettres sont écrites par Durval à
la Dame inconnuë , & Durval
s'imagine qu'elles renferment la
preuve de l'infidelité de sa femme , il en fait beaucoup de bruit,
& cependant laisse passer un tems
assez considerable sans avoir la
curiosité de les ouvrir ; Constance
revient enfin de son évanouisse-
ment , & le premier objet qu'elle
appercoit est le paquet de Lettres entre les mains de son mari ,
elle en paroit allarmée, ce qui ne
sert qu'à redoubler les soupçons
de Durval qui attend encore pour
ouvrir le paquet ; l'arrivée d'Argant , de Sophie , de Damon &
de Florine , a qu'il il distribué
ces Lettres , comme s'il affectoit

de vouloir rendre la Compagnie témoin de sa honte.

Je ne crois pas qu'il y ait d'homme au monde qui avant de remettre en d'autres mains de si forts témoignages de l'infidelité de sa femme, comme il pense, n'eût voulu auparavant y jetter les yeux & s'en convaincre le premier ; c'est ce qui n'a point encore paru sur la Scêne & qu'on se donnera, je crois, bien de garde d'imiter.

Pour revenir à la surprise que l'Auteur auroit pû ménager dans cette Scêne ; voici, je pense, comme il auroit fallu s'y prendre : premierement lorsque Constance paroît dans la premiere Scêne du quatriéme Acte avec un paquet de Lettres, il auroit fallu que sans parler de ce qu'elles contiennent elle se contentât de dire qu'elles sont d'une très grande conséquence & qu'elles lui ont donné beaucoup de chagrin : seconde-

ment lorſque en tirant ſon mou-
choir elle laiſſe tomber ce paquet,
j'aurois voulu que Damon le ra-
maſſât & ne le laiſſât jamais paſſer
entre les mains de Durval qui
s'obſtineroit toujours à le vouloir,
que Conſtance eût auſſi remoigné
beaucoup de crainte de voir paſſer
ces Lettres entre les mains de ſon
mari, ce qui auroit pu ſuffire pour
confirmer Durval dans ſes ſoup-
çons ; & alors j'aurois fait entrer
la compagnie à qui Durval auroit
voulu que Damon les diſtribuât
pour en faire la lecture. Les Spectateurs de cette façon qui igno-
reroient ce qu'elles contiennent,
n'auroient pas manqué d'être
agréablement ſurpris en voyant
que ces mêmes Lettres par leſquel-
les Durval croyoit pouvoir convaincre ſa femme d'infidelité, ne
ſerviroient qu'à donner des preu-
ves certaines de la ſienne. De cette
façon la ſurprise auroit été pour

les Spectateurs, au lieu qu'elle n'est que pour les Acteurs, & c'est à quoi le Public prend bien peu d'interêt, pour ne pas dire point du tout.

Au reste, je ne m'arrête point aux critiques de ceux qui ont dit que la situation de Constance dans cet Acte, étoit prise entiérement du Jaloux Desabusé ; si celle - ci étoit bonne, l'imitation seroit louable ; je n'en parlerai donc point, mais il y a d'autres ressemblances dont je vous dirai quelque chose à la fin de ma Lettre.

Le cinquiéme Acte s'ouvre par Durval & Damon, on peut dire que ce dernier fait l'office d'un bon ami, il annonce à Durval qu'il a retiré le Portrait de sa femme, & a contraint Damis à lui avouer par quel stratagême il l'avoit eu des mains du Peintre. Peut-on présenter au Public un caractere plus lâche que celui de Durral qui affurément n'auroit jamais penfé à tirer raifon de l'offenfe qu'on lui a faite, fi fon ami n'y avoit été plus fenfible que lui.

Je trouve encore que le Bal qui fe donne dans cet Acte y eft affés mal amené, puifque tous les Acteurs doivent être dans une affés trifte fituation ; l'etat ou étoit Conftance lorfqu'elle eft fortie à la derniere Scene du quatriéme Acte nous annonce qu'elle eft malade ou pour le moins livrée toute entiere a fes chagrins ; Sophie n'eft pas fans beaucoup d'inquietude, Argant furement n'y danfera pas, je ne crois pas non plus que Durval en ait envie, les deux Petits Maîtres ne feront peut-être pas affés effrontés pour y paroitre ; pour Damon, il ne doit pas abandonner fon ami, c'eft pourtant le premier que l'on voit en Domino ; & Conftance, qui, le matin affés tranquille, a refufé une partie

de chasse, sera masquée le soir &
doit même faire les honneurs du
Bal. On me dira peut-être qu'il
étoit annoncé dans l'étiquette du
jour & qu'on ne pouvoit reculer;
pour moi, je vous avouë que j'aurois mieux aimé faire renvoyer les
Violons, & finir par une Consul-
tation de Medecins.

Voilà, Monsieur, ce que je pense
du Préjugé à la Mode, peut-être
que mes réflexions ne sont pas
justes; je puis me tromper, j'en
conviens, & je vous assûre que
je ne suis pas assez obstiné dans
mes sentimens pour ne pas ceder
aux raisons de ceux qui entrepren-
droient sa défense, s'ils peuvent
m'en donner d'assés bonnes pour
excuser tous ses défauts.

Je crois au reste que vous n'avez
pas prétendu que je vous parle de
la versification de cette Piéce;
vous vous serez, sans doute, aper-
çû de tous ses défauts; car je

D

fuis perfuadé que les moins con-
noiffeurs en l'oétie s'en feront
apperçus comme vous & moi.

Je finis, Monfieur, par la réflexion que je fais que cette Piéce a
été heureufe en tous genres, les
critiques que les efprits délicats
en ont porté pendant les répré-
fentations n'ont fait qu'effleurer
la matiere ; elle a encore été
précedée depuis quelques années
du Philofophe Marié de Monfieur
Deftouches que l'on peut dire
avoir enfanté celle-ci, rapellez-
vous-en le fond & les caracteres,
& vous n'aurez pas de la peine
a la reconnoitre, c'eft grand dom-
mage que le Philofophe Marié ne
foit pas une Comedie de Plaute,
d'Ariftophane ou de quelque autre Auteur Grec ou Latin, afin
que l'Auteur du Préjugé pût avoir
tout le merite de l'imitation ; &
je fouhaite, pour l'avantage des
Poëtes & des Comediens, comme

pour la satisfaction du Public, qu'il
puiſſe avoir la même indulgence
pour toutes les Piéces nouvelles
qu'on lui préſentera. Je ſuis avec
une très-parfaite conſideration,

MONSIEUR,

Votre très-humble
& très-obéiſſant
Serviteur, P***

APPROBATION.

J'AI lû par l'ordre de Monsieur le **Lieutenant
Général de Police**, une Lettre Critique au
sujet du Fromage à la Mode, dont on peut per-
mettre l'impression. A Paris ce 9 Avril 1735.
      PAGET.

Vû l'Approbation, permis d'imprimer. A Paris
ce 13 Avril 1735.
      HERAULT.

De l'Imprimerie de la V. DELORMEL.

www.ingramcontent.com/pod-product-compliance
Lightning Source LLC
LaVergne TN
LVHW022358170726
843503LV00008B/3702